CATALOGUE D'ESTAMPES

DIVERSES ÉCOLES ANCIENNES

ÉCOLE FRANÇAISE, XVIIIe SIÈCLE

PIÈCES EN COULEUR

LITHOGRAPHIES

BELLE COLLECTION DE

DESSINS

ÉCOLE FRANÇAISE, ANCIENNE ET MODERNE

INDIENS, PERSANS ET CHINOIS

Provenant du Cabinet de M. Mäyer

HÔTEL DES COMMISSAIRES-PRISEURS

Rue Drouot, n° 5

SALLE N° , AU 1er ÉTAGE

Le Lundi 21 Novembre 1859, les Estampes;
Le Mardi 22 Novembre, les Dessins.

Par le ministère de Me DELBERGUE-CORMONT, Commissaire-Priseur,
rue de Provence, 8;

Assisté de M. VIGNÈRES, Marchand d'Estampes,
rue de la Monnaie, 13, à l'entresol, entrée rue Baillet, 1,
chez lequel se distribue le présent catalogue.

EXPOSITION PUBLIQUE

Le Dimanche 20 Novembre 1859, de 1 heure à 4 heures.

PARIS
RENOU ET MAULDE,
IMPRIMEURS DE LA COMPAGNIE DES COMMISSAIRES-PRISEURS
Rue de Rivoli, n° 144

1859

PORTRAITS DIVERS

GRAVÉS

PAR AMBROISE TARDIEU

AVEC NOTICES

Papier format in-12. — Chaque : 25 centimes

Addison, poète dram. angl.
Aguesseau (H.-F. d'), chancel.
Aignan (Ét.), poète lyrique.
Alembert (d'), académicien.
Alfieri (V.), poète dramat.
Amyot (J.), évêque.
Andrieux, poète dram., académ.
Arioste (L'), poète italien.
Azaïs (P.-H.), philosophe.
Balzac (J.-L. Guez de), acad.
Becker, général.
Belliard, général.
Berchoux, littérateur.
Berthollet, chimiste, pair.
Bessières, maréchal.
Boileau-Despréaux.
Chasseloup de Laubat, général.
Choiseul (duc de), pair.
Colomb (Christophe).
Corneille (P.), poète dram.
Cousin (Victor), acad.
Daunou, historien.
Dessolles, général.
Diderot, littérateur.
Étienne, poète dram.
Fénelon, archevêque.
François de Nantes, comte.
Gouvion Saint-Cyr, général.
Grimm (F.-M.), critique.
Horace.
Jay (Antoine), historien.
Jouy, poète dram.
Juvénalis, poète satyrique.
Kellermann, général, pair.
Kellermann fils, général, pair.
Klein, général, pair.
Labbey de Pompierre, député.
La Bruyère (Jean de).
Lafayette, général, député.
La Fontaine (Jean de).
Laplace (marquis de), acad.
Le Brun (prince), pair.
Lefebvre, maréchal.
Lemontey, historien.
Louis (baron), ministre.
Massillon.
Molière.
Montaigne.
Montesquieu (Ch. Secondat de).
Mortier, maréchal.
[illegible].
Mozart.
Murat (Joachim).
Napoléon, empereur.
Ovide, poète latin.
Pelet de la Lozère.
Percy.
Philippe II, roi d'Espagne.
Piron, poète comique.
Pradt (D. Dufour de), archev.
Racine (Jean).
Rampon, général.
Regnard, poète comique.
Reille, général.
Ricard, général.
Rollin, historien.
Rossini (Joachim).
Rousseau (J.-B.).
Rousseau (J.-J.).
Saint Augustin.
Saint Bernard.
Saurin (Jacques).
Scott (Walter).
Sébastiani, général.
Séguier, chancelier.
Ségur (comte de), pair.
Souham, général.
Suchet, maréchal.
Tissot (P.-F.), poète et prosateur.
Tite Live, historien latin.
Virgile.
Voltaire.

Caylus (Marg. de Valois, comt. de).
Dacier (Anne Lefèvre).
Gay (Sophie).
Sévigné (marquise de).

Chaque : 50 centimes.

SE TROUVE CHEZ VIGNÈRES, 1, RUE BAILLET, À PARIS.

5565 — Imp. Maulde et Renou, r. de Rivoli, 144.

1re Vacation Lundi 21 Novembre.

ESTAMPES

Vignettes, Vues.	225 à 241.
Portraits.	99 à 178.
Diverses écoles.	1 à 98.
Estampes en couleur.	179 à 204.
Lithographies.	205 à 224.
Objets omis.	242.

2e Vacation Mardi 22 Novembre.

DESSINS

L'ordre du catalogue sera suivi.

Les attributions de l'amateur seront conservées

On commencera à une heure précise.

CONDITIONS DE LA VENTE

Elle sera faite au comptant

Les acquéreurs paieront, en sus des adjudications, cinq pour cent applicables aux frais de vente.

M. VIGNÈRES, faisant la vente, se charge des commissions.

NOTA. Toute commission sans prix fixé ou sans limite déterminée sera regardée comme nulle.

M. VIGNÈRES se charge de faire marquer les prix aux catalogues des ventes qu'il a faites; les amateurs qui le désirent peuvent s'adresser à lui *franco*; très-utile aux amateurs éloignés pour se guider sur les valeurs des estampes.

[illegible]

[illegible] 18

PREMIÈRE VACATION

DÉSIGNATION

DES ESTAMPES

1 **Anonyme.** Vieux maître allemand, peut-être 1466. Jésus amené au grand-prêtre, qui est à gauche. Haut. 70 millim., larg. 49 millim. L'auréole du Christ a été dorée.

2. **Bakhuizen.** Marines. B. 4. 5. — 2p. Très-belles ép.

3 **Barlow** (D'ap.). Quatre oiseaux eschassiers. — Coq et poules. Anonyme. Sup. ép. 2p.

4 **Bella** (Stefano della). Le Pont-Neuf. Ép. rare, avant le coq. Doublée.

5 **Boissieu.** Deux têtes d'homme, dont une d'ap. Van Dyck. Sur Chine.

6 **Boucher** (D'ap.). Les Plaisirs de l'été, par Daullé. Très-belle ép.

7 — Vénus, se préparant pour le jugement de Pâris, reçoit d'avance la pomme des mains de l'Amour par de Lorraine. Très-belle ép.

8 **Callot.** Paysage. Sup. ép.

9 **Citterio, 1839.** Vue de la partie supérieure du dôme de Milan. Très-grande p.

10 **Cochin.** Triomphe de Neptune. Pièce très-curieuse. L'architecture seule est gravée, toutes les figures et les statues sont dessinées à l'encre de Chine. Extrêmement rare.

11 **Defrey.** La Peleuse de pomme, d'ap. Rembrandt, et le Parleur. 2 p. Sup. ép. avant toute lettre. Toute marge.

12 **Denon.** Martyre d'un saint, d'ap. Titien.

13 **Dujardin** (K.). Moutons, et autres, par Berghem, etc. 7 p.

14 **Durer** (Albert). La Vierge au singe.

15 — Maximilien Ier. Grand et beau bois. Très-rare. B. 154.

16 **Dusart** (Corneille). Le Joueur de violon assis. Très-belle ép.

17 **Earlom** (R.). A Flower pièce d'ap. Van Huysum. Très-belle ép.

18 — A Fruit pièce d'ap. Van Huysum. Belle ép. grande marge. Qui a été pliée.

19 — Le Concert d'oiseaux, d'ap. Maria di Fieri. Sup. ép. avant la lettre. Rare.

20 **Fialetti** (Odoardo). Noces de Cana, d'ap. Tintoret.

21 **Flameng.** Villon au cabaret de la Pomme-de-Pin, et autre. 2 p. à l'eau-forte.

22 **Fokke.** Sujets hollandais. 6 p.

23 **Folo.** Le Mariage de sainte Catherine, d'ap. Corrège.

Soleil 4.

Bougie 30. R ...

Big. 15

Bouger 5 Soleil, 2.

Jolie 10

R[illegible] 10

Jol. 15

[illegible] 10 Jolie 15 Nap. Laurens 20

[illegible] 22.50

24 **Fragonard** (D'ap.). Le Temps orageux, par Mathieu.

25 **Gellé** (D'ap. Claude), dit le Lorrain. Noces d'Isaac et Rébecca, Embarcation de sainte Ursule. 2 p. Gravures anglaises. Très-belles.

26 **Ghisi** (Adam). Deux Amours montés sur des dauphins, d'ap. J. Romain. B. 13. Belle ép. ovale.

27 **Guide** (Ecole du). Judith. B. XVIII. p. 314, n° 1. Très-belle.

28 **Hecke** (J. Van den). Les Chèvres. B. 3. Très-belle ép.

29 **Hollar**. Stuck von der Reimbrucke, bey Strasbourg. — Paysage, d'ap. Breughel. 2 p.

30 **Hooghe** (Romain de). Guillaume III présidant les Etats généraux, 1672. Sup. ép. d'une belle p. historique.

31 — Couronnement de Guillaume III et Marie II, en 1689.

32 — Réception de Jacques II par Louis XIV, au château de Saint-Germain-en-Laye. Sup. ép.

33 — Sujets historiques hollandais tirés d'ouvrages. 29 p.

34 **Houbraken**. Mars, Vénus et l'Amour. Sup. ép. Marge.

35 **Jazet**. La Retraite, Algérie, 1837, d'apr. H. Vernet.

36 **La Ruelle**. Le Service de table, — et l'Enterrement du duc Charles III, de Lorraine, en 1608. C'est la 3e et la 7e des grandes planches de l'ouvrage, qui est très-rare. Ces 2 p. sont chacune de 2 feuilles jointes. Très-belles ép.

37 **Lasinio**. Les Loges du Vatican, d'ap. Raphaël. 14 p. in-fol.

38 **Le Bas**. La Cathédrale de Strasbourg illuminée, 1744, pour l'arrivée de Louis XV. Grande pièce. Curieuse.

39 **Le Pautre.** Fontaines, Grottes, Palais, etc. 15 p.

40 **Lignon.** Sainte Madeleine, d'ap. Guido Reni. Sup. ép. très-rare, avant d'être terminée, avec des essais de pointes sur les marges du cuivre.

41 **Longhi**. La Vision d'Ezéchiel, d'ap. Raphaël.

42 **Maile.** Innocence, d'ap. Dubuffe.

43 **Moreau** le jeune. Le Bal masqué, 23 janvier 1782, à l'occasion de la naissance du dauphin. Très-belle et ancienne ép.

44 **Morghen** (R.). Parce somnum rumpere, Vierge soutenant l'Enfant Jésus qui dort, d'ap. Titien. Belle ép.

45 — Poesis. — Theologia. 2 p. d'ap. Raphaël.

46 — La Vierge à la chaise, d'ap. Raphaël. Sup. ép. Marge.

47 — La Fornarina. Très-belle ép. Marge.

48 — Laure, de Pétrarque. Belle ép.

49 **Morland** (D'ap.). La Vertu en danger, The Bell, The Turnpike, etc. 6 p.

50 **Moynert** (Nicolas), 1638. Pâtre et ses bestiaux. Très-belle ép. G. Valk ex.

51 **Muller.** Fac-simile et Sujets, d'ap. Lucas Cranach. 6 p. et une feuille de texte. In-fol.

52 **O'Connel** (Mme). Buste d'Italienne. Très-jolie eau-forte sur Chine.

[illegible] 80

53 **Pass** (Crispin de). Louis XIII donnant carrière à la lance, en présence des maréchaux de Chastres, Boisdauphin, Termines, de Praslin, Créqui, Bassompierre, Vitry, Châtillon. 2 p. très-belles, avant les entourages.

54 **Potter** (Paul). Les deux Bœufs qui se battent. B. 7. C'est une des plus belles p. de la suite.

55 **Rademaker**. Petites vues de Hollande. 6 p.

56 **Raimbach**. The Errand Boy, d'ap. Wilkie. Sup. ép. lettre blanche, sur Chine, toute marge.

57 **Raimondi** (Ecole de Marc Antoine). Joseph expliquant les songes. B. XV. p. 10, nº 5. Très-belle ép.

58 **Raphaël** (D'ap.). Photographie d'un dessin de l'Académie de Venise.

59 — Fac-simile, d'ap. le dessin au Musée de Francfort.

60 — La Filosofia, la Legge, la Poesia, la Teologia. 4 p. en rond, gravées par Bartignoni.

61 — Vierge à la chaise, par Browne. Sup. ép. Rond.

62 — Vierge à la chaise, par Van der Berghe.

63 — Vierge de la maison d'Albe, d'ap. Desnoyers proof. The Virgin, Infant Saviour and S. John. Sup. ép. Rare.

64 — Triomphe de Galathée, par A. Ricciani. Naples, 1827.

65 — Le Parnasse, d'ap. Marc Antoine.

66 — Vierges, Transfiguration, sainte Cécile, Jésus-Christ porté au tombeau. 15 p. Pourra être divisé.

67 **Romain** (D'ap. Jules). Apollon faisant danser les Muses. Avant toute lettre. — Le Char de l'Aurore, d'ap. Guide. 2 p.

68 **Scorodoomoff.** Diane et Actéon, d'ap. C. Maratte.

69 **Silvestre.** Nancy, Saint-Cloud, la Tour de Nesle, Fontainebleau, 12 p.

70 **Strange.** Didon se tuant sur le bûcher, d'ap. Guerchin. Sup. ép. Marge.

71 **Turner.** The Death, d'après Jones proof. — Cawroush, par Smith, d'ap. Hall. 2 p. Chevaux.

72 **Velde** (Adrien Van de). Différents animaux, suite de 10 p. B. 1 à 10. 1er état, ~~avant les numéros~~. Sup. ép.

73 **Velde** (J. Van de). Vues de Hollande. 12 p.

74 **Verbockhoven.** La Grenouille qui veut se faire aussi grosse que le Bœuf. Sup. ép. d'une petite eau-forte. Très-rare.

75 **Wouvermans** (Attribué à). Jeune cavalier prêt à passer la rivière.

76 **Watteau** (D'ap. Antoine). Latorillère, de trois quarts, gravé par Boucher.

77 — Le même personnage, de face, coiffé d'un chapeau, gravé par Boucher.

78 — La Fête champêtre, par Lihgfoot. Jolie p.

79 — L'Enchanteur, par B. Audran. Belle ép.

80 — Arlequin jaloux, par Chedel.

81 — Camp volant, par Cochin. Belle ép.

82 — Le Bain rustique, par Cardon. Belle ép.

83 **Waterlo.** Cinq Paysages à l'eau-forte. Belles ép.

84 **West** (R.-L.). 1785. Hercule terrassant l'Hydre. — Brigand au repos. 2 belles eaux-fortes.

85 **Woollett**. L'Orage, Enée et Didon. Très-belle ép. rognée.

86 — Le Temple d'Apollon, d'ap. Claude Lorrain.

87 — Paysage avec pâtre, d'ap. Smith. Sup. ép.

88 — Le même, ép. plus moderne.

89 — Macbeth, d'ap. Zuccarelli. Belle ép. Marge.

90 — Ceyx et Alcyone. — Céladon et Amélie. 2 p., d'ap. Wilson. Très-belles.

91 — Niobé, d'ap. Wilson.

92 — Naufrage d'Ulysse et Télémaque; ils rencontrent Calypso et ses Nymphes. Eau-forte pure, d'ap. B. West.

93 — La Récolte des pommes. — La Chaumière. 2 p. Très belles.

94 — La Solitude, d'ap. Wilson. Très-belle.

95 — Paysage, d'ap. Guaspre Poussin. Très-belle.

96 — La Pêche. Très-belle ép.

97 **Zeeman**. Deux Marines, Bemel; Paysages, Cabel. 2 p. En tout 5 p. Pourra être divisé.

98 Fac-Simile de dessins de Raphaël, Jules Romain, André del Sarte, Rubens. 8 p.

PORTRAITS

99 **Portraits** des rois de France, depuis Pharamond jusqu'à Louis XIII enfant. 64 petits portraits très-bien gravés, du temps.

100 — D'artistes peintres. 17 p.

101 — Femmes célèbres. 6 p.

102 — Littérateurs. 17 p.

103 — Divers personnages. 14 p.

104 — Bloemaert, peintre. In-4. Toute marge.

105 — Coligny (François de), sieur Dandelot; d'ap. Janet, par Ryder.

106 — Croy (Alexandre, duc de). Très-beau port. in-4.

107 — Denon, en pied, par Mauzaisse. Lithog.

108 — François II, roi de France. Dans le genre de Thomas de Leu.

109 — Gabrielle d'Estrées. — Marguerite de Valois. 2 p. in 8.

110 — Henri IV, par Tardieu, Chenu et autres. 7 p.

111 — Louis XIV, par Henriquez. In-4. Toute marge.

112 — Marie-Antoinette, par Bartolozzi et autre. 2 p.

113 — Marie Leczinska. Charmant portrait in-8.

114 — Molière, par Sixdeniers. Sur Chine.

115 — Moucheron, peintre. Manière noire. In-4.

116 — Napoléon Ier, d'ap. Isabey, d'ap. H. Vernet; la Malmaison. 3 p.

117 — Napoléon III, par Léon Noël et d'ap. H. Vernet. 2 p. Chine.

118 — Napoléon (Louis), roi de Hollande, par Portman. Médaillon rond. Très-rare.

119 — Ninon de l'Enclos, par Smith. Très-belle ép. in-8. Marge.

120 — Ninon de l'Enclos, profil par Hall. 1780. In-8. Marge.

121 — Raphaël. 10 portraits différents.

122 — Dessin au crayon noir, grandeur de celui de Forster.

[illegible]

[illegible] H. H. Hardin [illegible]

D[illegible] 8.

[illegible]alid [illegible]

Lemon 5

Juliet 3

Doug. 13

Janvier 8

Louis 11

123 — Ticho Brahé. Très-petit portrait ovale. Très-rare.

124 — Tippoo Saïb, sultan. Eau-forte, par Dormieux. Petit in-fol.

125 — Voltaire par Langlois, d'ap. Latour. Avant toute lettre. In-4.

126 — Voltaire, dessiné à Ferney, et gravé par M. B..., 1765. Très-beau portrait ovale. Marge. Rare.

127 — Voltaire, répété 36 fois sur la même pl., 1780. — Le Déjeûner de Ferney. 2 p.

128 **Bartsch.** Portrait de Rembrandt. Très-belle ép.

129 **Bettazzi.** La Flora, d'ap. Titien. Sup. ép. Chine.

130 **Blotelingh.** L'amiral Kortenaer, d'ap. Van der Helst. Très-belle ép.

131 **Bonnard.** Signora Isabella. — Des Maslins. — Moreau. 3 danseuses d'Opéra.

132 **Cathelin.** Marie-Adélaïde, princesse de Piémont, par Petit.

133 **Charpentier.** François de Chevert. Grand in-4°. Sup. ép.

134 **Chereau.** Michel de Montaigne. Superbe ép.

135 — Mme de Sévigné. — Mme de Grignan, par Petit. 2 p.

136 **Cochin** (Par et d'ap.). D'Alembert, par Watelet. — De la Place. 2 portr., toute marge.

137 **Cousin** (S.). Lady Dower. — Lady Gower. 2 p., d'ap. Lawrence. Très-belles ép. Pourra être divisé.

138 **Crépy.** Louis XV jeune. Belle ép., toute marge.

139 **Daullé.** Le Dauphin, né en 1728. Très-belle ép. In-f°.

140 — Maupertuis, d'ap. Tournière. Sup. ép., marge.

141 **Drevet**. Adrienne Lecouvreur. Très-belle ép.

142 **Dyck** (D'ap. V.). Jeanne de Blois, Gilles Hendrick, Van der Ee, Henriette, Marie d'Autriche, Montfort, Stevens. 6 p. Pourra être divisé.

143 **Edelinck**. Jeanne d'Autriche, d'ap. Rubens.

144 **Ficquet** de Chenevière, Montaigne. 2 belles ép., marge.

145 — Crébillon. Sup. ép. avant les noms d'artistes.

146 — Descartes. Superbe ép. avant les noms d'artistes, marge.

147 — Lamotte-Levayer. Superbe ép. avant les noms d'artistes.

148 — J.-J. Rousseau. Sup. ép. avant les noms d'artistes.

149 **Flipart**. J.-B. Greuze. Profil d'après lui. Sup. ép.

150 **Forster**. Aubin-Louis Millin. Beau portrait. In-4°.

151 — Raphaël Sanzio, d'ap. le dessin de Desnoyers.

152 **Gaucher**. J.-J. Rousseau. Profil. In-4°.

153 **Gheyn**. Marnix de Sainte-Aldegonde. 1599.

154 **Hodges**. Pichegru, général, d'ap. nature. Manière noire. In-f°. Très-belle.

155 **Hodgetts**. Talleyrand, d'ap. Scheffer. Manière noire. In-f°. Belle ép.

156 **Hollar**. Charles II, roi d'Angleterre, d'ap. Van Dyck.

157 — Steffano de la Bella. Portrait. In-4°.

158 **Houbraken**. Ostade. — Ab. Stork. 2 p.

159 **Hourdain.** Louis XVII. — Madame, sa sœur. 2 p., en bistre.

160 **Lawrence** (D'ap.). Lord Brougham. Sup. ép. avant toute lettre. In-f°.

161 **Lioni** (Octave). Chevalier de Malte, dans un ovale. B. 6. Mariette dit ce portrait être celui de Lioni. Très-belle ép.

162 **Masson.** Marie de Lorraine, duchesse de Guise, Sup. ép. avant le lapin.

163 **Muller.** Isabelle-Claire-Eugénie, d'après Rubens. Superbe costume. In-f°.

164 **Picart** (B.). Étienne Picart le Romain, son père. Très-belle ép., toute marge.

165 **Pontius.** Thomas de Savoie, d'ap. Van Dyck. Bon Enfant, *excud.* Très-belle ép.

166 **Robinson.** Sir Walter Scott, d'ap. Lawrence. Sup. ép. Lettre grise, sur Chine.

167 **Saint-Aubin.** J.-J. Rousseau, d'ap. de Latour. Très-belle ép. In-4°.

168 — Diderot. Profil. In-4°.

169 — Fénelon, d'ap. Vivien. In-4°, toute marge.

170 — Necker. Petit in-f°. Belle ép.

171 **Schuppen** (Van). Lady Warner, ou Sœur Claire de Jésus, d'après Largillière.

172 **Tassaert.** Marie-Anne-Charlotte Corday, d'ap. Hauer.

173 **Van der Werff.** (D'ap.). Les Portraits d'Henri VIII et de ses huit femmes. 9 p., avec marge.

174 — Charles Ier, Henriette, Cromwel, Jacques Ier et II, ses Femmes, Élisabeth, Marie-Stuart et autres. 32 p., avec marge. Pourra être divisé.

175 **Vangelisty**. Buffon, d'ap. Pujos. Sup. ép. In-4°.

176 **Walker** (W.). Lieutenant général sir Alexandre Hope, d'ap. Lawrence. 1810. Très-belle ép.

177 — Sir Henri Raeburn, peintre, d'ap. lui-même. Sup. ép.

178 — Sir Walter Scott, d'ap. Raeburn. Sup. ép.

ESTAMPES EN COULEUR

179 **Anonyme**. Le Logeur, ou les Effets des Vertus hospitalières de Paris, dessiné par Le Chien. Pièce très-curieuse. Coloriée.

180 **Bartolozzi** (F.). Vénus et Cupidon sur des Dauphins. Jolie p. Gracieuse sanguine. Rogné à l'ovale.

181 **Debucourt** Route de poste, Route du marché, les Aveugles, Marchand de vin des environs de Rome. 4 p. en couleur, d'ap. Carle Vernet. Très-belles ép.

182 — Le Menuet de la mariée. Jolie p., en couleur. Jolis costumes, sans marge.

183 — L'Oiseau ranimé. Charmante pièce en couleur. Très-rare.

184 — Promenade de la galerie du Palais-Royal. 1787. Superbe pièce, très-curieuse pour les costumes : il y a environ un centimètre de marge en plus de la marque du cuivre. Très-rare à trouver en aussi belle condition.

[illegible]

Borg [illegible]

[illegible] 20 [illegible] Borget [illegible]

185 — Promenade du Jardin du Palais-Royal. 1787. Superbe pièce, très-curieuse pour les costumes, les pavillons du jardin, les mœurs de l'époque. La marque du cuivre est complète.

Ces deux pièces sont très-importantes pour l'histoire; les détails et les couleurs des costumes y sont parfaitement rendus.

186 — Le Cheval de chasse effrayé de la foudre. — Charge de Mameluck. 2 p., d'ap. C. Vernet. Avant la lettre. Noir.

187 **Demarteau.** Bacchanales de Satyres et Nymphes. 2 p. en couleur, d'ap. Caresme. Sup. ép. Sous verres.

188 **Descourtis.** Noce de village. — Foire de village. 2 p., d'ap. Taunay. Superbes ép. en couleur. La marque du cuivre est complète.

189 **Janinet.** 1774. Le Rendez-vous comique. — Les Comédiens comiques. 2 très-jolies scènes, d'après Watteau, en couleur. Rares.

190 — La Comparaison (1786), d'après Lavreince. Très-belle ép. en couleur.

191 — L'Aveu difficile, d'ap. Lavreince. Jolie composition, en couleur.

192 — L'indiscrétion, d'ap. Lavreince. Très-belle ép. en couleur. Sous verre.

193 — Repas des Moissonneurs. — La Noce de village. 2 très-belles pièces en couleur, d'ap. Alex. Wille.

194 **Jubier.** Le Départ de campagne. — Vue d'une fontaine antique. 2 p. en couleur, d'ap. Huet.

195 **Redouté** (D'ap.). Roses et autres fleurs. 35 p. coloriées. Pourra être divisé.

196 **Rigaud**. La Salle aux marronniers, à Versailles. Colorié.

197 **Rimoldi**. Vue intérieure du dôme de Milan. Colorié. Grande et belle p.

198 **Seighton** Brothers. Sujets de chasse. Lithog., imprimés en couleur. 4 p.

199 **Sergent** (D'ap.). The Magnetism. Effets du baquet de Mesmer sur plusieurs dames. On emporte une qui a des attaques. Sup. ép. d'une charmante p. gravée par Guyot. Rond, toute marge.

200 **Stadler**. Hôtel de Ville, à Louvain, d'ap. Prout. Très-grande et belle p. Couleur.

201 **Wild** (D'ap.). Chœur de la cathédrale de Reims. — Transept de la cathédrale Ély. 2 p. en couleur.

202 — Vues de Suisse. — Le Marronnier et le Chien ture. — Descente du bois à Lauterbrunen. — Chute du Rhin, à Schaffhouse. — Pont du Diable, Reichenbach, Bâle, Lausanne, etc., etc. 21 p. coloriées. Très-belles. Pourra être divisé.

203 — Le Cuirassier. — Le Guide, par Julien 2 grandes p. en couleur, d'ap. Géricault.

204 — Lanciers. — Hussards. 2 grandes p. en couleur, par Victor Adam.

LITHOGRAPHIES

205 **Adams** (Édouard), architecte ; the Polychromathie ornament of Italy. 12 p., d'une belle exécution et texte. Grand in-4°. Carton.

[illegible] 15 [illegible] [illegible] [illegible] 9.

[illegible]

206 **Aubry-Lecomte.** Une Famille malheureuse, d'ap. Prud'hon.

207 **Bellanger** (H.). Le Billet de logement. Très-belle ép.

208 — Sujets d'albums. Imp. de Villain. 15 p. Belles ép.

209 — Sujets d'albums. Imp. de Gihaut. 15 p. Belles ép.

210 **Charlet.** Papa Dada. Catal. Lacombe. 295. Belle.

211 — Pièces en manière noire; l'avis du maître. 978 et le n° 980. 3ᵉ état. 2 p. avec ton.

212 — Porte-Aigle. 241. — L'Empereur. 245. — Mameluck. 253. 3 p.

213 — Choix d'albums. 13 p.

214 **Decamps** (D'ap.). Le Singe qui se mire. — Le Giaour, par Géricault et E. Lami. 2 p.

215 **Malbeste.** La Fileuse, d'ap. Berghem. Eau-forte pure. 1813.

216 **Raffet.** Costumes militaires, Sujets d'albums, Vous qui avez fait les portraits de nos pères, etc. 26 p. Pourra être divisé.

217 **Soltykoff** (D'ap. les dessins du prince). Palais à Seypore. Première ép.

218 — Faquirs de Rajestan. 2 p.

219 — Chef indien, nègre et arabe au service du roi de Baroda, Éléphants à Ceylan, Danse des Bayadères à Bombay, Pêcheurs sur la côte de Coromandel. 5 p. Pourra être divisé.

220 **Vernet** (Horace). Portraits de Carle Vernet, en pied. — Le Général Foy. 2 p.

221 — Fables de La Fontaine. 12 p.

222 — La Henriade, 7 p. Chine.

223 — Pièces depuis 1817. Imp. chez Engelman, Lasteyrie et Delpech, Sujets militaires, de chasses et autres. 48 p. Sera divisé.

224 **Vernet** (Par et d'ap. Carle) et autres. 13 p. Lithog. Pourra être divisé.

---

225 **Vignettes**. Histoire de Napoléon, de Chambure, 11 p. Chine.

226 — D'ap. Binet. 84 p. La plupart avant la lettre. Très-belles ép. Sera divisé.

227 — D'ap. Eisen pour La Fontaine; par Punt pour Molière, etc. 26 p. Pourra être divisé.

228 — Par et d'ap. Johannot. 12 p.

229 — D'ap. H. Vernet pour Molière, etc. 13 p.

230 — Anglaises et Françaises, d'ap. Raffet. Bois, etc. 49 p.

231 **Vues** de châteaux en Angleterre. 20 p.

232 — De Monastères, châteaux, ruines, etc. 36 p.

233 — Du Théâtre d'Amsterdam, en 1637. 2 p.

234 — Anciennes d'Édimbourg. — Abbey de Westminster. — Cathédrale de Glocester. — Beverley. — Rochester. — Shireburne. — Worcester. — Wells et Bath. 10 p.

235 — Musée et Université de Cambridge. — Collége et Théâtre d'Oxford. 4 p.

236 — Cathédrale de Milan (Duomo). 6 vues différentes.

237 — Costumes indiens. Coloriés. 3 p.

238 — Fête à Dusseldorf, en juin 1585, en l'honneur de Henri II, roi de France, et le roi d'Espagne. 12 p.

239 — Marines et Vues de Hollande. 12 p.

240 — Eaux-Fortes diverses. 14 p. Pourra être divisé.

241 — Sujets divers, d'ap. Berghem et autres. 11 p.

242 — Les objets omis.

Soleil [illegible] Berger [illegible]

DEUXIÈME VACATION

DESSINS

ÉCOLE FRANÇAISE ANCIENNE & MODERNE

1 — Le Perron au Palais-Royal, Change des assignats, Boutique du pâtissier aujourd'hui. Vue exacte. Dessin du temps à la plume, lavé de bistre.

2 — Vénus se reposant après la sortie du bain. Elle est vue de dos, assise sur une butte. Très-beau dessin à la sanguine, très-terminé.

3 — Repas, scène d'intérieur. Charmante composition au bistre.

4 — Voussures de plafonds, époque Louis XIV. Au bistre.

5 **Costumes d'opéra.** Danseur, danseuse. 2 aquarelles. Costumes riches,

6 — Danseuses en divers costumes. 5 aquarelles.

7 BALLUE Comme elles commencent. — Message secret. 2 aquarelles coquettes,

8 BAUDUHIN. Bestiaux dans un pâturage, à la sanguine.

9 BELLA (Steffano della). Marche d'armée pour entrer dans une ville. A la plume.

10 BLAREMBERGHE. 1775. Vue du Jardin des Tuileries. Charmante gouache, très-fine, sous verre.

11 BOICHOT (Jean). Mars descendant sur terre. A l'encre de Chine.

12 BOILLY (L.). 1787. Portrait d'homme en buste. Crayon noir, rehaussé de blanc, sur papier bleu.

13 BOISSIEU (J. J. de). Bateau à voile, près d'un pont conduisant à un château orné d'une tour crénelée. Dessin lavé à l'encre de Chine.

14 — 1770. Femme en cheveux, en buste. A la sanguine. Beau dessin encadré.

15 — 1783. Marie L. de R. et B., née à Lyon, 17 août 1760. Aquarelle, rond encadré.

16 — Rivière bordée d'une forêt. A la plume, lavé.

17 — Grande route au milieu d'une forêt. Très-beau dessin à la plume, lavé de bistre.

18 — **Roma, 1766.** Diverses études d'après nature. Plusieurs ont servi dans le Jeu de boules. Au bistre, Coll. Th. Dimsdale.

19 — Vue d'une vallée. Au fond, un lac terminé par des montagnes. Superbe dessin, lavé à l'encre de Chine.

20 — Vue de Saint-Romain-sur-Giez. 1765. Magnifique dessin à la plume, lavé à l'encre et rehaussé de couleur.

21 — Vue de Francheville en Lionnais. 1705. Magnifique dessin capital, à l'encre de Chine, de la plus belle exécution du maître.

22 BOUCHER (F.). Jeune bergère tenant son mouton. A la plume, lavé de bistre.

23 — Tête d'étude coiffée d'un chapeau, vue par derrière. Crayon noir sur papier bleu.

24 — Apollon et Daphné, croquis. Crayon noir rehaussé de blanc, sur papier bleu.

25 — Le Retour de l'Enfant prodigue. Composition de beaucoup de figures. Croquis sanguine.

26 — Berger regardant sa bergère endormie. Sanguine sous verre.

27 — Vertumne et Pomone. Croquis aux trois crayons.

28 — Jeune Fille assise tenant des fleurs dans son tablier. Très-beau dessin sanguine.

29 — Jeune Bergère debout un panier au bras. Très-beau dessin aux trois crayons, sous verre.

30 CALLOT. Vue intérieure des enfers. A la plume, lavé de bistre.

31 — Batterie en action, bataille au fond. A la plume, lavé d'encre.

32 CASANOVA. Combat de cavalerie. A l'encre de Chine.

33 CHARDIN. Homme assis. Crayons noir et blanc.

34 COCHIN. Portrait d'homme en pied, assis et de face. Sanguine.

35 CORNEILLE (Michel). Scène de la vie du Christ avec la Madeleine. Lavé au bistre.

36 — Apollon et Daphné. A l'encre de Chine.

37 COURTOIS (Jacques), dit Bourguignon. Cavalier au galop, bataille au fond. A la plume.

38 — État-major de cavalerie au bas d'un pont où l'on se bat. A la plume, lavé d'encre de Chine.

39 DAVID (Louis). Tête de modèle. A la plume, *Amicus ad amicum.*

40 — Tête d'homme, paysan. Crayon noir.

41 — Adieux de Regulus à sa famille. A l'encre de Chine, rehaussé de blanc.

42 DE MACHY (Pierre-Antoine). Monument funéraire dans une niche. Belle architecture. Au bistre

43 DESPORTES Groupe de gibier dans un paysage. Sanguine.

44 DORCY. Buste de jeune fille demi-nue, avec une rose dans les cheveux, elle s'appuie sur des coussins. Beau pastel ovale, riche cadre doré.

45 DORÉ (Gustave) Les plaisirs du boulevard. A la plume, lavé.

46 DUGHET (Gaspard-Poussin). Paysage avec monuments d'architecture. A la plume et au bistre.

47 — Paysage de grande étendue avec figures. Crayons noir et blanc.

48 DUMONT. 1782 Intérieur de temple d'une splendide architecture. Lavé à l'encre de Chine.

49 DUNOUY. Vue prise dans un parc à Saint-Germain-en-Laye. Bistre.

50 DUPLESSIS. Scène d'un camp. A l'encre de Chine.

51 DU PRÉ. Aqueduc à Sala, duché de Parme. Très-beau paysage, au bistre.

52 ÉCHARDT. Bords de la mer. Femme portant une charge de poissons. A la plume, rehaussé de blanc.

53 EISEN. Pastorales. 2 charmants dessins mine de plomb.

54 — Junon venant voir Neptune dans son palais. A l'encre, lavé.

[illegible] Laurence 3,

[illegible]

55 **FRAGONARD (H.).** Le Chariot de foin. Étude à la sanguine, pour le tableau dans la collection de M. Lacaze.

56 — Jolie Dame assise, coiffée d'un chapeau. Lavé au bistre, très-beau dessin.

57 — Capucin dans des ruines prêchant des femmes. A la sanguine.

58 — Vue de l'Ile des Peupliers, à Ermenonville. Première Sépulture de J.-J. Rousseau. Au bistre.

59 — Paysage avec figures, légèrement teinté de couleur. Composition remplie de poésie et d'imagination, et des plus spirituelles de ce charmant maître.

60 L. Gd. Vue du Pont au Change et des Tours du Palais. Jolie aquarelle.

61 **GERICAULT.** La Mort d'Agamemnon tué par sa femme Clytemnestre. Lavé à l'encre et gouaché.

62 **GILLOT.** Scène théâtrale. Grande composition de pantomime. Lavé de sanguine. Bel effet,

63 — La Danse, trois figures. A la plume.

64 **GIRODET-TRIOSON.** 1813. Érigone. Beau dessin, crayon noir, sous verre.

65 — Siége de Troie. Andromaque et Astianax aux genoux d'Hector, prêt à quitter Priam pour combattre. Bistre rehaussé de blanc.

66 **GRANDJEAN (J.).** Villa Pamphili à Rome. Pochade au bistre sur papier bleu. 2 dessins d'un effet magnifique.

67 — Vue du couvent des Capucins, au-dessus d'Albano. Famille de pâtres et leur troupeau. Beau dessin à l'encre de Chine.

68 GRAVELOT. Sujet pour vignette. Berger aux pieds de Bergère. A la plume, lavé.

69 GREUZE (J.-B.). Tête de Vieillard. Sanguine

70 — Tête de jeune Fille. Sanguine sous verre.

71 — Sibylle. Au crayon rouge.

72 — Chien d'arrêt, race espagnole. Sanguine.

73 GROS (Ant.-Louis). Évanouissement d'Esther. Crayons noir et blanc, lavé.

74 GUÉRIN (Pierre-Narcisse), élève de David. Course de chevaux libres du temps des Romains, à la plume et au bistre. Beau dessin très-terminé.

75 GUYOT. Parisiennes, 1850. Groupes. 7 p. — Costumes militaires, cavalerie. 7 p. — Turf, Voitures diverses, le Bois de Boulogne, etc. 6 p. En tout, 20 croquis à la plume. Pourra être divisé.

76 HOET (G.). Quinze enfants et amours dansant et ornant de fleurs un terme de Sylvie. Superbe dessin à l'encre de Chine.

77 HOUEL (J.). Paysage à Caumont près de Rouen, en vendémiaire an IX. Encre de Chine, rehaussé de blanc.

78 HUET. 1775. Assemblée d'oiseaux. Au milieu, un paon élevé semble parler à son auditoire. A la plume et lavé.

79 JEAURAT. Jeune Dame assise, réfléchissant. Crayons noir et blanc.

80 — Vénus désarmant l'Amour. Croquis. Crayons noir et blanc, pour un dessus de porte. Grisaille.

81 LAFAGE (Raymond). Combat de cavaliers romains contre des hommes nus. Lavé à l'encre.

[illegible] 8

[illegible] 25

82 — Dieu apparaît pendant que l'on offre un sacrifice. A la plume, lavé de bistre.

83 LA FARGUE (Maria M.). 1774. Les Crêpes, scène de famille. Aquarelle.

84 LAFOSSE. Tête d'expression. Sanguine.

85 — Tête de face en extase. Aux trois crayons.

86 LAGRENÉ. L'amour et Psyché. Plume, lavé de bistre.

87 — Diane et Endymion. — Vénus et Adonis. 2 dessins, crayons noir et blanc.

88 LANCRET. Conversation entre deux amants. Crayon noir et rouge, sur papier gris.

89 — Deux hommes, dont un tient un poisson.

90 — Chasseur. Crayon noir rehaussé de blanc, sur papier bleu.

91 — Deux dames causant debout. En pied. Sanguine.

92 — Dame assise à terre, vue de dos. Sanguine.

93 LAROON Cavalier près de son cheval tenu par un groom. A la plume.

94 LA RUE (L. de). Marché aux chevaux. Très-grande réunion de soldats cavaliers, etc. A la plume, lavé à l'encre.

95 LE BRUN. Triomphe de César. A la plume, lavé à l'encre de Chine.

96 LECLERC (Séb.). Le camp des Israélites travaillant pour le temple de Jérusalem. Sup. dessin à l'encre de Chine.

97 LÉPICIÉ. Jeune homme en pied, assis, dessinant. Aux trois crayons.

98 — Homme assis. Très-beau dessin à la sanguine.

99 LE PRINCE. 1756. Intérieur d'un palais submergé. Sanguine. A été gravé par Saint-Non. Ovale équarri.

100 — Ruine d'un monument voûté. Sanguine. Pendant du précédent.

101 LOUTHERBOURG. Paysage enchanteur avec figure et animaux, Arbre magnifique. Plume, lavé à l'encre.

102 — Bestiaux au repos dans un pâturage, effet de nuit. Beau dessin sous verre.

103 LUYKEN (Jean). Cortége pour le convoi d'un empereur chinois. A l'encre de Chine.

104 MALLET. Scène de famille. Charmante aquarelle.

105 MOITTE. Angles pour les voûtes du Panthéon. Projets non exécutés. 4 dessins à l'encre de Chine.

106 MOREAU le jeune. 1771. Compositions pour vignettes d'ouvrages. A l'encre de Chine, très-terminé. 2 p. encadrées.

107 — Intérieur de parc avec pont et kiosque chinois, Figures, Costumes du temps. Aquarelle ovale.

108 NATOIRE (Charles). Étude de femme assise. Sanguine.

109 — Femme nue assise sous un arbre. A la sanguine.

110 NATTIER. Étude pour portrait d'homme les mains appuyées. Aux trois crayons.

111 NICOLLE. Vue sur le Tibre, à Rome. Aquarelle.

112 OUDRY (J.-B.). 1720. Scène de théâtre. Crayons noir et blanc, sur papier bleu.

113 — Chiens d'arrêt. Crayon noir rehaussé de blanc sur papier bleu.

[illegible] 30

[illegible] 51. 30

[illegible] [illegible]

[illegible]

114 — Groupe d'animaux. Crayons noir et blanc. C'est le dessin de la première pièce de ses eaux fortes.

115 — Combat d'ânes dans une cour de ferme. Très-beau dessin, crayons noir et blanc.

116 — Tête de loup. Superbe dessin, crayons noir et blanc.

117 PARROCEL (Ch.). Mehemet-Ali-Riza Bey, ambassadeur du schah de Perse, fait son entrée à Paris accompagné du maréchal de Matignon et du baron de Breteuil, envoyés par le roi au-devant de lui. Croquis, sanguine.

118 PATER. Deux figures d'hommes en pied. Sanguine.

119 —Deux figures de dames en pied, assises. Sanguine.

120 PERELLE (Gabriel). Vue aux environs de Paris, avec une voiture à six chevaux. A l'encre de Chine.

121 — Paysage rocheux avec rivière d'une grande étendue. A la plume.

122 PERIGNON. Paysage avec les restes d'un château, Pâtres et leurs troupeaux, Figures par Huet. Aquarelle.

123 PEYRON. Jupiter nourri par la chèvre Amalthée. A la plume, lavé au bistre.

124 — Scène d'histoire romaine, Femme cherchant à empêcher un assassinat. Crayons noir et blanc

125 PICART (Bernard). Les Grâces couronnant Mercure et Minerve au milieu des Muses, sur le Parnasse. Sanguine.

126 — 1719. Le titre de l'Histoire d'Angleterre où se trouve le portrait de Larrey soutenu par la Renommée. Superbe dessin lavé à l'encre de Chine.

127 — Costumes de seigneur et dame. 2 charmants petits dessins à l'encre, rehaussés de blanc.

128 POURBUS (F.). Scène de la Fronde. A la plume, lavé à l'encre.

129 POUSSIN. La Justice faisant forger des armes et des instruments aratoires. Beau dessin à la plume et au bistre.

130 — Saint barbu prêchant dans la campagne. Plume, lavé de bistre.

131 — Composition de sept figures, Sujet d'histoire, lavé au bistre.

132 PRUDHOMME (Antoine-Daniel). 1745. Le Jeu de quilles. Plume et aquarelle. Joli effet.

133 — Vue à Bassan, fait le 13 décembre 1718, etc. A la plume, lavé.

134 REGNAULT. L'Enlèvement de Déjanire. Crayons noir et blanc sur papier bleu.

135 ROBERT (Hubert). Paysage, Puits sur une terrasse. Aquarelle.

136 — Vue du Colysée et de l'arc de Constantin. Sanguine.

137 — Paysage, Vue en Italie. Sanguine.

138 — Cour d'habitation dans les restes d'un palais, des Baigneuses sortent de l'eau. Aquarelle pleine de soleil.

139 **Rowlandson**. Jeune femme assise dans la campagne, tendant son tablier à un vieillard qui tient une bourse. Aquarelle.

140 — Le Somnambule en chemise entrant chez des dames couchées. Aquarelle.

141 STELLA (Jacques). Adoration des Bergers. A la plume, lavé à l'encre de Chine, rehaussé de blanc. Superbe effet de lumière.

142 — La Vierge, pour une composition de l'Annonciation. Crayon noir rehaussé de blanc.

143 — Repos en Égypte, Jésus servi par des anges. Lavé à l'encre de Chine.

144 TRÉMOLIÈRES. Amours jouant avec un cygne.— Amours chassant. 2 dessins, crayon noir, lavés.

145 TROYON. Riche paysage avec animaux. Aux trois crayons.

146 VANLOO (Carle). Portrait de dame grandeur naturelle. Aux trois crayons, encadré

147 VERDIER. Triomphe d'Amphitrite. Lavé à l'encre de Chine.

148 VERNET (Horace). Mameluck lançant le javelot Grande étude, mine de plomb.

149 — Cavalier sur un cheval arabe. Au crayon noir.

150 VINCENT. Tête d'étude de femme de profil. Aux trois crayons. A été gravé.

151 VOUET (Simon). Vierge dans les nues. Crayon noir rehaussé de blanc.

152 — Jésus, assis, semble donner la bénédiction. Crayon noir rehaussé de blanc.

153 WATTEAU (Antoine). Joueur de musette. Croquis, sanguine.

154 — Trois figures de dames debout et assises. Sanguine.

155 — Étude de quatre mains. Sanguine.

156 — Coquille. A la sanguine sur un fond de pierre d'Italie.

157 — Costumes de comédiens. 2 dessins à la sanguine.

158 — Une jeune veuve. Très-beau dessin aux trois crayons. A été gravé.

159 **WILLE** fils. 1761. Vue près de Meulan. Plume, lavé de bistre.

160 — Portrait de dame. Aux trois crayons, d'une très-belle exécution.

161 **Dessins chinois.** Fleurs et fruits. 5 dessins aquarelles.

162 — Ustensiles et instruments de musique. 4 aquarelles, rehaussées d'or et d'argent.

163 — Manière de faire marcher les prisonniers, Supplices divers. 10 dessins aquarelles sur 8 feuilles. Pourra être divisé.

164 — Mœurs et usages en Chine, Marche de musiciens, Scènes d'intérieur, etc. 7 beaux dessins gouachés. Seront divisés.

165 **Dessins indiens.** Portraits de rajahs, schahs, et autres personnages saints et célèbres, faquirs, bayadères, avec musique, chasse, Scènes d'intérieur, Mœurs et usages. 30 beaux dessins en couleur très-fins et richement rehaussés d'or; un portrait est orné de perles naturelles et pierres de couleur. Seront divisés.

Renou et Maulde, Imprimeurs de la Compagnie des Commissaires-Priseurs, rue de Rivoli, 144. 5578

104 Vente de M. Mayor

No.	Sujet		Prix	
1.	Anonyme	Dugalin	20	
2.	Backhuysen	Soleil	17	50
4.	Bella le pont neuf	M.	~~10~~	
6.	Boucher plaisirs de l'été	R.	7	50
7.	" Vénus	M.	5	
10.	Corbin Neptune	M.	15	
13.	Desjardins 7 p.	M.	5	50
15.	Durer Maximilien I	R.	31	
16.	Dusart C.	M.	9	50
20.	Fialetti noces de Cana	M.	4	50
21.	Flameng	Berger	1	50
25.	Claude Lorrain 2 p.	M.	15	
26.	Ghisi deux a[illegible]	Soleil	5	
27.	Guido Reni Judith	M.	5	
28.	Hecke chasse	R.	6	50
29.	Hollar 2 p.	M.	3	50
30.	Hooghe Guillaume	Soleil	13	
31.	" Couronnement	R.	5	
32.	" réception [illegible]	R.	31	
43.	Morin Charlemagne		7	
48.	Morghen Laure		3	50
53.	Pass. 2 planches	Ruysbergue	10	
54.	Potter	M.	~~4~~	
70.	Strange Vidor	M.	10	
72.	Adrien Van de Velde	R.	126	
75.	Wouwerman Cavalier	M.	6	
78.	Watteau fête champêtre	M.	1	
83.	Waterloo 5 p.	M.	9	
105.	Coligny		1	
107.	Denon	Bérard	1	
110.	Henri IV Tardieu	Ruysbergue	1	
119.	Ninon de Lenclos	Lavin	4	

No.	Sujet		Prix	
121.	10 port. de Raphaël		1	
123.	Tycho Brahé	M.	5	
124.	Tippoo Saib		1	
126.	Valloire par M. B.	M.	10	
128.	Bartsch Rembrandt	M.	6	
129.	Bettazzi la Flore	M.	~~19~~	
130.	Blooteling Hortensius	M.	16	
134.	Chereau Montaigne	R.	1	
135.	Sevigné Grignan	Lavin	1	50
136.	Corbin 2 p.		1	
140.	Maupertuis		5	
145.	Ficquet Crébillon	R.	18	
146.	" Descartes	Tardieu	20	50
147.	" Lamotte Houdart	R.	24	
150.	Forster Milton	Bérard	4	
151.	" Raphaël	M.	7	
153.	Gheyn	Dugalin	2	50
156.	Hollar Charles II	M.	13	
163.	Muller Violette claire [illegible]	M.	8	
166	Robinson Walter Scott	M.	10	
174	Vanden Wyngaerde 37 portraits		11	
182	Debucourt le manuel	M.	34	
183	" Oiseaux [illegible]	M. De Gelon	43	
185	" Palais Royal jardin	R.	101	
187	" 2 [illegible] Bacchante		17	
188	Desnoyers 2 p.	M.	21	
189	Janinet 2 Watteau	R.	31	
190	" Comparaison	M.	20	
191 192	2 sous verre	M.	39	
199	Sergent Magnétisme	Berger	20	50
201	Wille 2 p.	M.	~~2~~	
211	2 [illegible]		1	
215	Malbeste	Wattelet	1	
			500	50

1231	20 chateaux anglais	Prythergh		1
1234	10 Vues anciennes		M	7
1238	12 fêtes à Dusseldorff.	R		7 50
1239	12 vues de Hollande		M.	7
1241	11. Berghem		M.	5

Dessins

1	Perron	Tortillon	21
60	Pontrechange	Tortillon	76
86	Legrand	Martin	6
96	Leclerc	Conrad de Breban	21
106	Moreau 1 cadre	Martin	31
117	Parmenl	Scheffer	19
127	Picard B.	H. Duval	25
132	Prudhomme	H. Duval	12
141	Isella	H. Duval	17
165	2 Bayadères	Dobré	40
56	Raimbach	Commissionnaire	4 25
176	Walker	Hope	2
177	.	Raeburn	3
178	.	Walter Scott	1 25
			10 50

2	7 50
3	9 50
5	10
8	7 50
9	8
11	2
12	2 50
13	30
14	9 50
15	7
19	140
20	195
22	2
24	4
29	91
30	45
31	19
32	10
33	13
36	3
38	4
41	10
42	5
43	7
47	5
48	6
50	5
51	5
53	15
55	75
58	3
60	14
63	17
65	8
67	10
68	10
69	3
70	19
71	10
72	24
77	6
82	5
84	3
85	3 50
88	3
93	4
97	4 50
102	8
103	9
109	5
110	4
115	19
116	11
117	19
128	15
129	75
131	33
136	3
139 - 140	1

143			15
145	Troyon		170
148			12
149			7
152			7 50
153			9
154			24
155			14
165		1	5
		1	8
		1	1
		1	4
		1	5
		2	14
		3	40
		1	17
		3	22
		1	16
		1	18
		1	18

Bordereau Vignères Vve Mayer

Estampes

N°	Désignation	Prix
1	Anonyme	20
2	Backhuysen	12 50
6	id.	7 50
15	Durer Maximilien	31
21	Flameng	[illegible] 50
26	Ghisi	5
28	Hecke	6 50
30	Hooghe	13
31	Coussemaker	5
32	Templier	31
43	Moreau	7
48	Morghen Louis	3 50
53	Pass. Isplusieurs	10
77	Adrien van de Velde	176
105	Coligny	1
107	Denon	1
110	Henri IV. (Pastis)	1
119	Ninon	4
121	10 port. Raphael	1
124	Tippoo Saib	1
134	Chereau Montaigne	1
135	2 Sevigné	1 50
136	2 Cochin	.
140	Maupertuis	5
145	Ficquet Crebillon	18
146	Descartes	10 50
147	Lamotte Levay	24
150	Forster Millin	4
153	Gheyn	2 50
174	32 van der Verf	11
183	Debucourt l'oiseau	43
195	Jardin du Palais Royal	101
		522 ..

189	Janinet 2 Watteau	31	
199	Jazet	20	50
211	2 Charlet	1	
215	Ma Albert	1	
231	20 chateaux	1	
238	12 fetes Dusseldorf	9	50

Dessins

1	Perron du palais Royal	21	
60	pont au change	26	
86	Lagrené	6	
96	Leclerc	21	
106	Moreau 2 cadres	31	
117	Pernot	19	
127	B. Picart	27	
132	Prudhomme	12	
141	Stella	17	
165	2 Indiens Bayadères	40	
		806	00
	5%	40	30
		846	30

P^r acquit
[illegible]

www.ingramcontent.com/pod-product-compliance
Ingram Content Group UK Ltd.
Pitfield, Milton Keynes, MK11 3LW, UK
UKHW031943260826
14628UKWH00004B/1810